河口にて

田代 卓 詩集

Tashiro Takashi

土曜美術社出版販売

詩集　河口にて＊目次

I

地球の息遣い　8
薄片の技巧　11
カタツムリと太陽　14
河口にて　18
牧草地の辺りで　21
自然的病棟　24
月の花　27
私が植物であった時　30
雪月夜　33
野焼きの春　36
爬虫類の目覚め　39
地をはう響きは　42

II

天空の青い花　46
稲刈りの棚田　49
森の診療所では　52
吊り橋　55
むすんでひらいて　58
アマガエルの飛行　61
弁当箱　64

輝く峰の話　67
エンマコオロギ　70
子牛の春　73
山の牛　76
グラデーション　79
CDと光の散乱と　82
菜の花の小道　85

Ⅲ

石畳の午後　88
禁じられた国境　91
雨期の始めに橋を渡る　94
色彩たちの北回帰線　97
未明の　宇宙で　一筋の　100
プナカ河の岸辺　102
ブータンハウス　105
カラコロナイ駅の汽笛　108
サバンナの国　111
マダム・カラ　114
絶壁の僧侶たち　117
空中楼閣　120
滅びる言語　123

聖地　燃える湖　126
国境線の町　129

Ⅳ

星になった鳩の話　134
歴史ある街　137
うりずんの島と海も　140
先王の古墳に足を運ぶ　143
島の成り立ち　146
雪景色　149
照葉樹林　152
五重の塔　155
この辺りの景色は今　157
糺《ただす》の森にて　160
水路のある風景　163
歴史民俗資料館　166
南楢岡から外小友にかけて　169
神霊の森にて　172
万葉の森　176

解説　佐々木久春　田代卓詩集『河口にて』を読む　180

あとがき　184

詩集　河口にて

I

地球の息遣い

朝はまだ昨日の残像
山の森林限界のあたりには
茫洋とした霞の島々が転がる
鬱蒼とした自然は濃い緑に染まり
途切れ途切れの筋雲の白茶けた色は
暁の朝の天空を塗りつくして
薄明るい雲の一群が動き始めると
思いがけない上弦の月が
青白く透き通った姿をみせて

いつものように驚きを誘う
青く澄み切った空の領域には
時刻表の流れに沿って
天体がゆっくりと移動していく

そういえば
夜明け前に流れた星は
オリオン座流星群か
どこかの家の屋根をぶち抜いて
そのまま部屋に居座ったとか
近年　太陽黒点の数え方が変わる
惑星の公転速度に変化が起きると
地球の自転にも影響があるのか

ときおり地面に耳をあてて
地の底の音に聞き耳をたてる
異常音らしき物音が伝わる時もあるし
地震の前兆にも思える時がある
自然災害のニュースには
とりわけ敏感になっているこのごろ
日本列島の亀裂のなかで
ある日突然に始まって
この世の記憶を消し去ってしまう

薄片の技巧

認知機能が刺激されると
途絶えていたパルスが動きだし
皮膚が規則的に波打ちだした
血管に打ちこまれた微小な針先から
放射能を含んだ液体が二、三滴流れる
意識が時間を追って薄れていく
たとえようもなく心細くなる
恐怖でも絶望でもなく
意識を奪い取るかのように

装置の奥に危険度表示の
デジタル数字が見える

諦めといえば
記憶がすべて失くなること
断層写真による診断結果によると
脳の収縮はまだ診られないが
海馬と前頭葉に廻らされた
微細な神経電流に破れが
観察されるとのこと
症状の打開策として
破損箇所の修復が必須と診断される
手術台に固定されて脳が切り開かれる
ガラスのシャーレには

薄桃色の液に浸かった
培養細胞の薄片がみえる

麻酔の白い闇が薄れるにつれ
記憶のかけらが流れはじめる
捕まえようと手を延ばすのだが
やがて小さな影が旋回しだす
どうやら過去の概念記憶のようだ
記憶装置の波形モニターが動きだす
位相のゆらぎを意味するものなのか
この記憶の始まりは

カタツムリと太陽

朝焼けの鱗雲が炎の色に染まり
日の出の儀式が厳かに行われる
緋色の太陽に黒点が列をつくると
太陽フレアが飛び跳ねては落下する

眠りから覚めたカタツムリは
ゴボウの葉に溜まった朝露を飲み干す
青紫蘇の茎から葉に移動して
軽快な音を立てながら食べ始める
ときおり休んでは触角を動かし

鳥や昆虫が近くにいないか確認する

迷彩色に塗り分けられた螺旋の殻は
夜明け前の冷気を防いでくれる
陽が昇るにつれてヒマワリの花のように
太陽の光を追いかけて熱量を記録する
二本の触覚でアルファー波を捉えると
太陽系の現在位置を確認する
自然界の微妙な温度収縮と
地球磁極の変動との関係性は
生命の維持や種族の繁栄に
寄与するのだろうか

いつも遊びにくるナメクジにも

螺旋状の殻を見つけてあげよう
ヤドカリの抜け殻が落ちていたから
ナメクジにぴったりの大きさだ
それから
冬眠する場所も教えてあげよう

午後になって陽が傾き始めると
カタツムリは瞑想する
銀河系を横切る流星群の輝き
惑星の軌道と氷河の存在
小さなアクビをしながら
触角を動かしてあたりを確認する
カタツムリは夕焼けの海に
沈む太陽を眺めていた

海水面には夕陽が反射して
長い尾をひく
一面に紅く染まった水平線には
橙色に姿を変えた落陽が
サヨナラと手を振るように
少しずつ　少しずつ　静かに
海のなかに身を沈めていった

河口にて

河口には未知なる期待と開放感がある
海が誘う旅の夢と海が導く人生の約束が
あるいは大河の終着駅がもつ寂しさが
混沌の海原に横たわる片道切符にも似て
河口には男たちが集まる隠れ里がある
そこでは互いに距離を保って
孤立と集団回帰への分水嶺ともなっている
しかもここからは遠くに白む波頭の群舞がみえる
波の始まるところにはゆったりとしたうねりと

規則的に打ち寄せる確かな存在がある
上流からの水の流れは打ち砕かれて
おびただしいエネルギーが蒸散される
ここは夜になると宇宙の星が座標を展開する
天の川が河口から立ち昇って
天頂に到る異次元のはじまるところ
流れ星や三日月が浮かぶあたりは
見つめる人々の想いが飛び散らばるところ
ここから走って　砂丘を越えて
どこかに向かって飛び出すのも良い
あるいはまた河の源流を目指して
数歩戻っても修復される
そうすれば自分を待っている人たちや
二度と戻らないと決心した夜の街を

想い浮かべることもあるかもしれない
こんなにも自由で確かな存在を
取り戻すことのできる空間
それが河口の存在理由だとしたら
多くの人たちがこれまでも
どれほど癒されてきたことだろうか
さあ戻ろうか
戻ってまた前に進もうか
この先を決めかねて水の流れを見つめても
いつまでも同じ流れを繰り返している河口は
生き物たちの歴史に近いのかもしれない

牧草地の辺りで

春早い
土の温もり
雪が解ける　雪解け水が流れる
水の音　流れの響き
青い空と深い森の冷気
幽玄に包まれる大樹　神の気配
暮らしの匂いがする
牧草地を横切る小道は
濃い霧に包まれて

この地方の歴史を伝える
古めかしい城郭にいたる

原野に放された牛の群れは
露草を踏み分けつつ
ゆっくりと動きながら
丈夫な顎でむしり取るように
濡れた草を勢い良く食べる
艶のある毛並みを自慢げに
大きな黒い瞳で
近寄る人間を威嚇して
ジッと見つめる

朝の早い時刻には

陽の光も弱々しくて
朧げな今日の予定を
暗示するかのようである
歴史の古い丘陵には
胡桃の林が散らばって
灌水の黒いホースが何本も
太い枝伝いに張り巡らされて
人影もなく
乾いた大地を暗示する
陽射しの強い午後

幾代にも渡って
伝えられてきた
この地方の成り立ち

自然的病棟

ここに着いたときから
不安が諦めに替わった
痛みがあるわけではないし
食べ物も普通にとれるのだが

回廊には薄日が射すので
日なたぼっこの人々が集ってくる
皆　背をかがめて苦痛を和らげ
弱々しい笑みだけでコミュニケーションを

保っている

病と手を結ばなければ生きてはゆけない
平静を装って心配事をやり過ごす術を
人は器用に身につけるものなのか

窓からの風の息が弱まると
小枝の動きが止まり
葉がゆるりと垂れはじめる
回廊には水蒸気が立ちこめる
壁には青っぽいカビが浮かんでくる
臭いがする
微生物のぶつかる音が響く

気温19℃　湿度75％

いつのまにか
陽の光が隠れてしまう

青白い顔と
薄い筋肉とを約束されていたかのように
間もなくこの風景に馴染んでいく

このサナトリウムからの
眺めは抜群であるが
自然のなかに歩きだすための
リハビリテーションの順番が
回ってこない

月の花

新月から満月まで
青い花の開花がつづく
花心を失ったケシの花は
時には水涸れで萎れかかるが
すぐに気を取り戻して花弁をひらく

老人はいつものように葉脈を撫でる
青いケシの花とは親友のようである
眺めたり触ったりときには唾でこすったり

老齢のヤニのついた細い眼は濁りきって
花の色さえも区別がつかない様子なのに

それなのに花は精一杯の喜びをしめす
舞い上がることはできないので
微かに葉を揺らして好意をみせる
青い花弁は色鮮やかに輝きはじめ
天の歌声が洞窟にこだまする

月世界の地下空洞にいるのは
青いケシの花と老人だけで
他の生物は見当たらない
観測衛星がぐるぐる回りながら
地形や大気や水脈を探りつづける

宇宙生物の発見に努めているが
青い花も老人も見つかっていない
二個体の生物はどこから現れたのか
老人は徘徊しながら月世界に辿りついたか
青い花の種子は宇宙のゴミで漂着したのか

老人は青い花に皺だらけの手を伸べて
途切れながら別れの言葉を告げた
青い花は静かに花弁を閉じると
花は色褪せて凋んでいった

私が植物であった時

夜明け前から淡い光に包まれる
私はまだ生きているんだ

あたりを見回すと
ワグネルポット*が並んでいる
その一つ一つに一株ずつ
濃い緑色の葉を身につけた
野菜の群衆が

ああ　ここは露地畑ではないのか
とても寒い　温室でもなかったんだ
生まれ育ったポットの中は
土も水も温度まで
自分で選ぶことができなかった
そのあたりは露地畑も同じだったが
今は隣の根との絡み合いもない
虫や病菌の被害もないのは
平和であるということなのか

それはそうと問題はこの世間だ
陽射しが強まると
裾ビニールが巻き上げられる
セットされた温度になると

自動でモーターが動くのだから
しかしながら暖房が欲しいな
夜温が下がるとリウマチが起きる

蜂も蝶々も訪れないので
世界の様子がまるっきりわからない
前回も前々回もそうだった
気がついたらバブルが崩壊して
大震災も起こっていた
親友も亡くなったし

植物であった時のことだ

＊　ワグネルポット　実験用の植木鉢。

雪月夜

二月の硬雪を歩く
月夜の雪道に足音が鳴りわたる
表層の雪を踏み抜いた途端に
ザラメの氷に落ち込んでしまう
寒い夜気の暗い森に踏み込むと
フクロウの啼く声が夜空を覆う

怖さと心細さであたりを見渡す
何かが近付き脇を擦り抜ける

茅葺き屋根に被さる積雪の山
どこの家にも小さな灯りが洩れて

空に浮かぶ細い月の光がまたたく
雪法師が集落を埋めつくしている

人声が聞こえる
頭の方から伝わってくる

どの屋根にも人が登り
雪の塊を降ろしている

子どものようにも見えるが
動きが滑らかで危ないようすはない

森の工場で作られた
雪掻き専用のロボットたちだ

雪は見る見るうちに掃き出される
ロボットの声は小鳥のさえずりと同じ
私の呼びかけに手を振って答える
雪月夜の集落に温みの雰囲気が広がる

野焼きの春

粉雪が舞う春の里山に
野焼きの煙がうっすらと湧きあがる
二筋三筋と山麓を移ろいながら
うす青い巻雲に吸いこまれていく

枯れ草の稜線には光の暈があらわれて
火焔の須弥山を舐めつくしていく
灼熱の自然界には生き物の影が消えて
火球の爆発で火の粉が降りかかるたびに
天狗の舞い狂う姿をみいだす

影絵のなかに

年寄りだけの桃源郷には
祖先から伝わる焼き畑がある
海風の匂いを染みこませた精霊が
燃え滓で汚れた顔を手拭でふく
爪には黒土がこびりついたままである

龍神様が雲を呼び雨をもたらすと
収穫された穀物は祭壇に供えられる
先人が残した知恵と
昔ながらの焼き畑と
たとえ時代の流れから
取り残されたとしても

目覚めの鳥の声が耳朶を打つ
野焼きの炎に彩られた過疎の村に
陽の光は波のうねりを引き連れる
プロメテウスがもたらした火の束が
地面を動かす筋肉の麻痺のように

爬虫類の目覚め

バージェス頁岩* 囚われの古生物化石
遥かな地質年代の序論を語る標本棚
もれた光がガラス瓶に反射し
夜光虫の輝きをまねる爬虫類の卵たち

永遠の海に浸かる生命体は
封印された古生代からいつ目覚めるのだろう

生い茂るシダ植物の匂いのなかを
瑠璃色の皮膚をひるがえし

天にむけて進撃する爬虫類の群れ
戦士たちの壮大な歴史は
二億二千万年もつづく

顕花植物が横たわる古い地層には
爬虫類の卵が産みつけられたまま
無数の足跡が残る粘板岩の堆積層
雪と岩が白亜紀の昔を語り
始祖鳥の羽が青い空をおおう

あなたたちの孵化は叶わない予感がする
とてもおそろしいことだけれど
卵を産むという爬虫類の生殖は
進化の花園にこぼれた発芽しない種子

繊細な五感をそなえた生き物では
もう　この世界を生きることは叶わないのかもしれない

草原はいつのまにか紫色にかわり
冷血動物の頭蓋骨が荒れ野に散らばる
何かとてつもないことが起こったようだが
そのわけは誰も知らない

錆び色の標本棚には
幾筋かの光が揺らいで
卵の殻がかすかに震えるとき

生臭い息が首筋にふれる

＊　バージェス頁岩《けつがん》＝カンブリア紀の生物化石が多数発見された岩石

地をはう響きは

今日も聳え立つ尾根を横切り
谷底まで駆け下りてから渡る
渓流に掛けられた細い吊り橋

険しい棚田を上り下りする
激しい労働の日々と
鋭い角で向かってくる牛の群れを
追い立てる危険な旅と

幸せになるためには
聳え立つ白い峰を越えなければと
考えているのだろうか

あなたは幸せかと
挨拶のように問いかける人々
ときに嘘をついてまで
引き留めようとする

どこでまた会えるかもわからない
友人との峠道でかわす言葉
病気や怪我にも
野山の薬草だけが頼りの
山の暮らし

地をはう短調の響き
別離と再会を繰り返す歌は
遊牧民の人生観なのだろうか

山蛭のいない季節に
また来なさいと
深いシワの老婆が
話しかけてくる

Ⅱ

天空の青い花

さらに登ると
森林限界を過ぎた辺りには
丈の低いシャクナゲの群生地が広がる
艶っぽい葉の天蓋から
赤く尖った蕾が光る
ここは世界の屋根
標高が増すにつれて
ハイマツや苔類のところどころに
高山植物の短い茎の先端が花開く

サクラソウやリンドウ　メコノプシス

そのなかに
赤や黄色や白に混じり
空の色が溶けこんだような
薄青いケシの花が一輪
聖地に祈る巡礼のように咲く
植物採集家のキングドン氏は
標本を傷つけないように新聞紙で包む
褐色の子房から種子を採取するため
ときには根を掘り採ることもある
どうして青い花が貴重なのだろうか
世界中の愛好家が欲しがるわけは
ヒマラヤに生息する膨大な草本のうちの

偶然の色をした稀少な生命体なのだろう

彼は情熱の蒐集家であり
未知の領域に挑む投機家である
雨に濡れ　熱射に晒されて
人やロバが山蛭に血を吸われても
岩場に隠れて火をおこし暖をとる
人跡未踏の渓谷で眠ることも
ヒマラヤの酸素が薄い山地では
一瞬の油断が命取りになるという

稲刈りの棚田

二日続いた雨があがり
いよいよ稲刈りだと
半円の鎌を手に
山の棚田にむかう

農婦が刈り
農夫が受け取る
田んぼの稲は縁から刈られ
稲は束ねないで地干しする

刈り株のうえに稲穂を
行儀よくならべる

稲刈りの終わった田んぼは
稲が一面に敷かれて畳のようだ
強い日差しで穂も藁も乾く
午後の南風がさらに干す

三日後には
稲を集めて積みあげる
小さな棚田の一枚ごとに
可愛い家に似た稲積みが
次から次と作られていく

さっそく鳩が飛んでくる
おコボレにありつくのを
待っているのだ

脱穀は冬から春にかけての
家族総出の仕事になる

ブータン国の棚田にて

森の診療所では

珍しく晴れたポカポカ陽気の朝に
隣の若奥さんが庭で日向ぼっこしている
抱かれている赤ん坊は
オシャブリを口にして眠っている
長い睫毛をピクピク動かしながら
母の乳房に手をしっかり添えて

その日の深夜のこと
森の診療所は賑わっている

鳥も動物も診察の順番待ちで
長蛇の列に大欠伸をしながら並んでいる
歯を痛めたリスや眼が見えなくなったフクロウ
尻尾を踏まれた蛇も足を骨折したウサギまで
森の診療所は大忙しである

白衣姿の　極端に小柄な医師は
首に聴診器をぶらさげたまま
ところ狭しと動き回っている
口にオシャブリを咥えているが
はっきりした口調で患者と受け応えする
診療時間は日没から夜明けまでであるが
受付係や看護師さんはいないようで
注射も調剤もぜーんぶ医師がこなしている

診察室の隅には診察代の代わりに
患者が置いたクルミやミミズ
野イチゴジャムに山ブドウ酒
アケビの実などが山積みされている
森の診療所は雪が降ると休診になるので
今が一番忙しい季節である

ポカポカ陽気の朝には
隣の若奥さんが日向ぼっこする
オシャブリを口にしたままの
眠っている赤ん坊を抱いて
——この子は本当に良く眠るのよ——

吊り橋

自然の仕組みにうまく納まった
樹木の大枝とともに風にそよぐ吊り橋
旅人あるいは木こりたちは
いつものように五官を意識的に
引き締めて渡りはじめる

谷川の流れる音
深く吸い込む風の匂い
見下ろすと渓流は遥かな下方に見え

思わず唇から洩れる緊張の吐息
耳朶を打つ心臓の鼓動

急流が荒々しく駆け抜ける
岩にぶつかる白い泡立ち
ときには手を広げてワイヤーをつかみ
膝を曲げてバランスをたもつ
遠くに微かな野ザルのざわめきが

豊かな森の実相が幻へとかたむく
吊り橋の木ゲタをおそるおそる踏む
壊れたらもう後戻りはできない
天候の急変にも不安と覚悟が
滑りやすい板の感触をそろりと一足

雨降りの吊り橋での無惨な敗北感

吊り橋は異次元空間への通路と化す
ここから未知への誘いがあって
何かが動くような
待ちかまえているような
吊り橋はもはや橋ではなくて
新たな神秘への透過層となり
旅人の畏敬と信仰の
復活を促すような
曼陀羅への憧憬にかかわる

むすんでひらいて

山や田んぼに家の屋根に
ふんわり綿雪が降りつもる
埃や汚れや匂いまでもが
眼の前から消え去ってしまう
見渡す限り雪景色の村はずれに立っていると
出発の時を待ちわびている子供の気分になる
どこか秘密の場所へ向かう途中とか
あるいは行きそびれた約束の家にとか
遠くを走る二両編成の電車がみえるとき

がら空きのシートに座っている姿を想像してみる

このような寒さの世界では
生きられない生命も数多くいるはず
冬眠する熊や蛇や枯れ葉の下の微生物たち
いつも私にまとわりつく蚊や蠅やダニなど
生き物の命が季節限りのこともある
年月を経た血管の巡りや筋肉・骨などの軋みから
苦痛に耐える季節であることも教えてもらえる
そして夜明け前の冷えこみや暗い朝の目覚め
幾日も続く雪雲のどんよりした日々と
日暮れの早い帰宅と底冷えの夜とに
身も心も
北国の冬に閉じ込められた気分になってしまう

意を決して外に出てみる
雪靴のしたでキュッキュッと鳴り音がする
新鮮な冷気が肺の奥深くまで吸い込まれていく
手袋を履いた両手をむすんでひらいてと繰り返すうちに
遠くの屋根が近づいてくる　遠くの山も近づいてくる
雪景色の村を歩き回って　足も息も暖まってくると
心は徐々に緑とか黒土とかの具体性を帯びてくる
春になったら　暖かくなったらと夢想しながら
満たされないものがどこか遠くに
消し飛んで行く気がしてくる

アマガエルの飛行

六月の梅雨はいつだって
苦虫の表情を変えなかった
アカシアの花房に抱かれて眠ると
いつの間にか夜空の星の中にいる

朝露を一口飲み込んでから
手足の水搔きを拡げてみる
木の枝を揺らす風の回廊を抜けて
積乱雲の真っ暗やみに包まれるや否や

大きな音と稲光りが舞う広場で
雷ノ神の紅い腕に摑まってしまう
「お前には磁力とオーロラを与えよう」

偏西風の奔流に巻き込まれると
音速で成層圏まで運ばれる
風ノ神の白いカンバス袋に迷い込むと
甘い花の香りに閉ざされてしまう
「お前には波動と時速を与えよう」

地上を見下ろすと環濠集落が見える
千枚田の田んぼには緑の稲が育ち
茅葺きの家が立ち並ぶ田舎道
村外れの社には赤い鳥居が立つ

古風で懐かしい記憶が広がる

神様から貰った超能力を抱え
思い切って飛び降りてみると
池のほとりの樹林の陰
枝垂れ柳の差し伸べる手に
何度となく飛び跳ねてみる

そろそろ行かなくては

四次入植生記念誌への投稿作品

弁当箱

海には
深いけれど底に落ちつく闇がある

夜空に溶けこんで混じりあった
潮目と思われる辺りを
黒くて強い線が横切る
それは魚の群れのようでもあり
古い記憶の船のようでもある

その空間をひらひらと舞いながら
沈みこんでいくアルマイトの弁当箱

引き揚げ船の船縁から落ちた
家族の唯一の持ちものであった弁当箱が
青黒い海原に吸いこまれていく
幼子の手を離れて

船を追いかける濃い色の魚の群れは
落ちていくアルマイトの薄片とは
ともにゆっくりと舞いながら
眠りつづけた過去を目指して
海の底に沈みこもうとする

幼子の手に残された感触は
ときおり海から浮かびあがり
家族の誇りと
敗残に打ちのめされた心になって
私を追いかけてくる

青く染まった記憶の断片は
夜空いっぱいに瞬く星を
深海のヴェールを透かして眺める時
ひらひらと眩しい光になって
舞い降りるときがある

輝く峰の話

さあッ　もうひと頑張りしましょうか
雲海の上に出ると
ブロッケンの怪がみえるんですよ

街のどこかに車を置いて　あそこの小路に入ってみましょうか
そうすれば昔の記憶がよみがえってくるんですけど
もしかしたら　歩くことによってよみがえるのかもしれませんね
だって　建物なんかもすっかり変わってしまって
もう　昔のものは何も残っていませんからね

この辺りは　そうやって　古い物をみな壊してしまったんですから
でも　新しい建物もすぐ古くなって　また繰り返しですかね

あそこの岩場の陰に
雷鳥がいるのがわかりますか?
ハイマツの実を食べていますよね
メスがいてオスも
近くで見張っていますかね
まもなく植物限界ですから
ガレ場だらけになりますね
疲れたら休みましょうか
この辺りで

この辺りに酒造会社があって

形が変わっていますけど　ありますね
小学校があったんですけど　移転したんですよ
ぼくらは机とかイスを運んで　引っ越しを手伝ったんです
新しい校舎には入らずに　卒業してしまいました
何年経っても記憶は残るんですね
でも　今の風景も網膜の残像ですから

素晴らしい眺めですね
峰に朝陽が昇ると神々しいですね
雲に映った光輪に手を合わせていますよ
人間が滅びても輝く峰は残るんでしょうね

エンマコオロギ

昼間の暑熱が跡形もなく消えて
静かで心なごむ宵寝の刻
月蝕の闇が何層にも覆いつくした
暗がりのなかに

闇の道を照らす一群のススキの
銀白色の穂波に別世界の幕開けが覗く
心なしか気持ちを和らげる風景が生まれて
忍びよる風に耳を傾けて聞く虫の声

哀愁を抱いた心細げな旋律に
翅を拍子木のように打ち鳴らし
露に濡れた草の穂の吐息にふるえる

エンマコオロギは泣いているのだ　夜更けに
心を寄せた人に去られてから
この夜の哀感をこめた叫びを
忍び音に託してとどけている

この世の悲しみは
今に始まったことではないが
先細った月が妙に白くて
虫の音を突き放したように輝きをみせる

星の無い暗闇の広がりが
あたりをいっそう寂しく見せたので
ススキの葉陰をさがしてもぐりこむ

この夜に花はないのだろうか
この世はどうして暗がりなのか

雲間から手招きするものは
あれはカマキリに見えるのだが
もはや泣き疲れて逃れることもできずに
垂れ下がったクモの糸にしがみついて
いつのまにか眠りについてしまった

子牛の春

ジャカランダが咲く季節には
春に生まれた子牛たちの行列がつづく
母牛の後から道を横切る
硬直した竹馬のような足取り
立ち止まってオッパイをせがむ子牛

細い尻尾を振り回しては
群がる蠅を追い払う
列から離れて

道の真ん中を黙々と
山の斜面では
小さな草だけを食べる子牛

母牛は長い舌で
子牛の毛並みをととのえる
隣では母牛に
頭を押し付けて考え込む
話しかけているのか　せがんでいるのか
柵に縛られない牛たちの暮らしがある

石垣の隙間から
双葉をみせている小さな草
顔を傾けて食べている子牛

牛が通り過ぎたあとのきれいになった石垣
角が伸びはじめると大人なのだろうか

日盛りのとき
刈り株の残る田んぼ
小さな雲の影が静かに動く

太陽の恵みがいっぱいの山道
照葉がゆれる灌木林の午後
寝転んでは立ち上がり
悠々とした時を育む子牛

山の牛

山の牛の
薄茶色の背中に描かれた
木洩れ日が映す
樫の木の葉の紋様

天に届けとばかりに伸ばした
太い首に
血管が浮かぶ
舌が枝葉に巻きつくたびに

足を見よ
野性の染みこんだ四つ足を
蹄で
斜面の赤色土を踏み堪えたとき

岩に片足をかけたときの
伸びきった筋の輝きを
忙しなく蠅を追う
尻尾の軽やかな動きを見よ

子牛が追いかけて
乳首にしがみつくと
首を廻して

丸い舌で子牛を舐める仕草
頑丈な骨格を包みこむ厚い毛皮の
艶やかな照り返しの眩しさを

サンダルを履いた牛追いの
ババが山の急斜面をよじ登る
木の枝をつかんだり
牛の尻尾にもつかまって

深い谷川の斜面から
声が聞こえたような
山の隙間から覗く空には
夕焼けの名残の雲

グラデーション

夜明けから日没へと
自然界のグラデーションを見つめて
ボンヤリと時間を消費すること
日が昇る尾根の位置と前日との距離
日没後の海の色の推移を数値化する
太陽の移動の日々の時こそチャンスだ
間隙を埋めるかのように透き通る月の輪郭
光線の輝きを捕まえた気がしたのに

夜明けから日没への
気持ちの移り変わりに励まされて
何度となく深呼吸して瞳を開く
見えるものと見えないものの時刻差を
あの時の暗澹とした気持ちを
いつまでも抱え込んだ若い頃の
総てがいつでもやり直せると
何の疑いも無く信じていた頃があった
体力と気力の高揚感が総てであった

あの水平線を染めた夕陽の
ゆっくりとした時間の経過こそ
朝の冷気が体温を奪い取っても
無限に湧いてくる熱放射のバラ撒きを

自然界の幾つかを置き換えて見たものだった
もう間もなくマグマの冷却期に滑り込む
そう　衰退期の始まりだったのだ
これらと植物の葉の退色に絡めて
皮膚も血の色も淡い光の屈折に感じる

今日もこれから始まる
色の失われた世界の夜明けが

ＣＤと光の散乱と

畑にぶらさがった一枚のＣＤ
朝の微風をさけるようにまわる
陽をうけて七色の輝きをまき散らす

湿った土から芽を出した大豆は
カラスが飛ぶたびに首をすくめる
子葉には小鳥に突かれた跡がのこり
水やりのたびに頭をさげて痛々しい

虹色に光るＣＤをみて思い出すのは
昔の寮生活とＯ君と過ごした日々
日曜日に栗ごはんを頂戴したこと
私が提供したコメと林で拾った栗
一緒にご飯を食べたのち音楽を聴いた
映画『国境の南』の私が好きだった曲
Ｏ君にもらった中古ＣＤの一枚から

雨あがりの黒マルチした畑では
大粒の水滴が残って黒い色に反射する
水の白っぽい斑点が縞模様になると
土の粒子がしめす優しさがなくなり
無機的で無表情なカラスの色にかわる

ときおり回転するＣＤの淡い虹色は
異次元の万華鏡をうつしはじめる
映画音楽が流れるのではなくて
網膜の底に映像をうつしはじめる

水溜りに浮かぶ油膜の虹色や
青空に浮かぶシャボン玉の光沢
光の散乱と鮮やかな色彩をうつす
春の女神の鱗粉の翅

菜の花の小道

菜の花の咲く道には、無数の小道が隠されている。明るい黄色の輝きに心を奪われているときには脇道などに目もくれないのであったが。ましてや、小粋に開いた花弁や雄しべの弓なり、花梗の濡れた艶っぽい枝振りなどに目を凝らしたときなどは、そこで足が止まってしまい先に進まぬうちに陽が傾いてしまう。

小道に入る辻には小さな置き石などがあって、地蔵か道祖神の役割を果たしているのかもしれなかった。それらに目が移ってしまうと、もはや菜の花から心が離れてしまい、どの小道に迷い込むかはそのときの気分次第になってしまうのである。さらには、菜の花の道を車に乗って通過するときなどは、ただただ黄色を意識するだけで、心の中は畑仕事であったり些細な用足しで頭の中がいっぱいであったりするのである。

ときには、目的地しか見えないこともある。菜の花から目をそらすと彼方には白神山地の雪を冠った峰々が現れて、湿った土の感触や山辺の行く手を遮る新緑の葉の茂りやブナの樹の太い幹、白く反射する陽の光を浴びた谷川の水面、落ち葉を踏んだ足跡の濡れそぼった窪み等々。

それから幾日かを経て、菜の花の道に向かってみると道路脇には丈夫な緑色の葉と茎が林立するだけで、ときには、うどんこ病の白い粉が風に舞ったりしているだけで、あの日の沸き立つ心の華やぎもどこかに失せてしまい、ましてや、無数の小道などには目もくれない我が心根を知ることになるのである。無数の小道はおそらく不思議な空間に導く秘密の通路であったに違いない。

Ⅲ

石畳の午後

石畳の道に
乾いた靴音が跳ねる
すり減った石の語り

日本の方ですか?

耳をあてると
空や森のいななき
目玉や耳の痕とおぼしき形が

この村にいついらしたのですか？

今日も歩く河沿いの道
石の連なりの果て
ざらつく菩提樹の幹のあたり

もう何ヶ月も日本語を話してないんですよ

町や村々の家並みを囲む石壁
頑丈な鎧戸が組み込まれ
歳月の痛みに押しつぶされそうな

これから日本に帰るのですか？

広場には教会のオルガンが響き
薔薇窓には露天市の賑わいが跳ねる
人々の笑い声となにげない挨拶

日本はまだ暖かいでしょうね

村はずれの針葉樹の森を抜けると
山の城にのぼる石畳の道がつづく
古い城壁の外壁を回ると

トレッキング姿の若い女性は
石組みの向こうに消える

禁じられた国境

森林限界　明るい灌木の山々
山岳民族の集落がみえる
開けた草地に散らばる黒毛のヤクたち
ラヤ　ルナナ　チョザ　タンザ

北方に聳える七千メートルの白い峰
シャクナゲの灌木林
荷を積んだヤクの列が国境を目指す
前後をかためる竹編みの笠をかぶった男女

厚手で毛織りの民族衣装をまとう
リンシ　ツアンラ　タワン　ダクパ

古くからチベットと交易してきた
祖先たちの雪山に国境はない
ヒマラヤの峰を迂回する間道を
危険を顧みず往来する
時にはチベットにおりて冬を越す
メラ　サクテン　ブロクパ　モンパ

女神ジョモの雪山
魔の山ブラックマウンテンの密教
古くからの祭礼を受け継ぎ
国境を越えて祖先の地へむかう

シッキム　インド　ビルマとつながる
無数の山の民たち
レプチャ　ドヤッパ　アパデシー

伝統の民族衣装　文字のない言葉
宗教と祭礼と遊牧民としての暮らし
雪山と照葉樹林と深い谷のヒマラヤに
分割された国境線がある

＊　参照：『地球の歩き方　ブータン』。ラヤ　ルナナなどは少数民族の名前

雨期の始めに橋を渡る

雨期の始まりの
雨に清められた
古ぼけた橋と
濁流が渦巻く河

流れの
一部始終を見下ろしてきたのは
切り立った崖の
頂を囲む古城の白い壁

城と河を挟んだ真向かいには
インドから連れてこられた
築城技術者たちの集落がある
城と同じ高さから
橋を不気味に見下ろしている

この橋を渡るたびに
強い風が橋脚を走り抜けて
私の帽子をもぎ取ろうとする
もう何回渡ったことだろうか
この橋を
これから何回渡ることになるのか
わからないが

朝夕の通いの橋桁では
いろんな人々とすれ違って
さまざまな民族の顔を見てきた
多くの言葉が
風に流れて橋を跨ぐ

広大なヒマラヤに移り住んだ
数々の言語と
皮膚の色
そのうちの一人が私なのだと
インドから吹き上がった
砂まじりの風雨に
帽子を押さえながら
橋を渡る

色彩たちの北回帰線

インドのコルカタ　モロッコの砂漠
眼に見えない境界の糸がのびる
直達日射が紅海を渡るたび
遠くかすんだ時間が渦巻きをとめる
太陽が後ずさりする北回帰線
後ろ髪ひかれる想いを捨てきれない

珊瑚礁の島々
熱帯雨林が見え隠れする

濃い色のマングローブの岸辺
泥に埋没する種子の単調な響き
陽に照らされた色彩の散乱が
踊りながら海底に沈みこむ
そこに堆積物が澱むわけではなく
回帰線の外に向かう流れを
模索するだけ

もうそろそろ帰らなければ
砂漠の蜃気楼にのこる足跡を消し
真珠色にかがやく時間の小舟をさがす
強い日差しに焼かれた皮膚は
まもなく赤く焦げついた有機物に帰る
どぎつく彩られた影法師は

散乱する色たちの行方を指差し
サングラスの奥で
腐敗する遺体をみつめる

北回帰線に近づいてきたら
色彩の手ごたえが薄くなってきたら
今なら逃亡できるかもしれない
惑星の始まりを歩んできた天頂の渦巻き
色褪せた磁力のゆがみを逃れて
幻の空間を半光年だけ微速するのだ
もうそろそろ帰らなければと

未明の　宇宙で　一筋の

オーロラがまばゆい
遥かな成層圏をよぎる
不思議な一筋の影

言葉をたずさえた
姿のない宇宙線は
紫色の空間を旅して
厳重なオゾンホールをくぐり抜ける

生き物はどこで言葉をみつけたのか
地の底の腐植のなかで
さまざまに芽吹いた言葉
水色の惑星を覆いつくしてから
銀河の数ほど物語が生まれる
風化したミイラの唇に刻まれた
海洋でイルカの脳を解読した
シベリヤのトナカイ
腐葉土のなかのミミズ

生き物の数だけたずさえた言葉は
未明のオリオン星雲に忍びこんで
数億年もさかのぼって
一筋の宇宙線が口にした言葉

プナカ河*の岸辺

朝の光を浮かべたプナカ河
水面には金色のさざ波がおこり
山々の静かな影を追い立てる
飛び立った黒い鳥の一群は
霞を切り分けながら川面へと
向かう
魚か?　水浴びなのか
遠い鐘の音が僧院の刻をつげる
牛を追う大人たちの影

透き通る子供たちの声

緑色の水が流すものは何か
濁っているようで
どことなく透明で
人骨の灰が浮かび
前世の苦しみも漂う

生まれ変わった来世には
あの世の子供たちが溢れている
次々にわきあがる経木の煙
プナカ河の岸辺に座り
覗き込むのは生き仏様

山々の緑が白い峰にかわるころ
何かをつかもうと
断面を滑り落ちる男女の群れ
仮面の裏から漏れる声が
川面を滑りぬけてわたる
古くから伝わる壁画に
描かれた現世の一場面

＊　ブータン国の河の名前

ブータンハウス

極彩色が施された土壁
文様は黄金の魚　法螺貝
蓮華　法輪　無限の紐
地塗りの形は宇宙をあらわす
うぐいす彩色の曼陀羅である

夜更けの客間には寝台が一つ置かれ
霊媒が厚い壁土をすり抜けるたびに
漆黒にゆらめく燐光の跡がのこる

心の迷いをあらわすホウキ星の
薄青い色は
あちら　ゆらり　こちら　揺らめく
旅人の枕元に停まり　語りがつづく
その呟きは般若経のようでもあり
来世に旅立つ巡礼への送り言葉か

インド北部の町カリンポンのブータンハウス
一夜の枕元にひろげられる不思議な現象
シッキム王朝の栄枯盛衰をもの語る夜半
軒を伝わる雨音にまじる怨霊の声音
一睡もできなかった夜が明けるや
窓辺で歌う小鳥たちの目覚めと
沙羅双樹の緑陰の静けさ

インド風に着飾った婦人たちとの朝の挨拶
ブータンへの峠越えの時刻がせまる
荷駄をひく人足の慌ただしい動き
梵鐘が伝えるお祈り
東に連なる山脈
流れよる香煙

カラコロナイ駅の汽笛

低い山並みが連なる縁に沿って
あちらの端からこちらまで
単線の鉄道線路が延びる
カラコロナイ駅は無人駅で
乗降客もいない

それでも軽便鉄道が停車するのは
乗客がホームに降りたがるからだ
この辺りには珍しい野原が広がるから

小さな駅舎は掃除が行届いて眺めもよい
風雪を防ぐようにクリ、クルミ、ドングリ、
イチョウの木などが植えられている
子供たちが運んだのか狸かリスが
隠しておいたのか

駅舎の中にはクリの実、クルミの実、
ドングリの実、イチョウの実がコロがる
昔は周りに田んぼが広がり
山仕事の人たちの人家も
見えたらしいが
今は住む人の影すらも見えない

しかし

沿線の乗客たちは
この駅が大好きである
カラコロナイ駅名のナイは
アルのことで
蝦夷の言葉で集落を指すものらしい
夕陽の射す駅舎は赤く輝き
巨大な影法師は
電信柱を越えて延びる
秋風が吹いたときなどは
駅舎にぶつかった悲しい音が
カラコロと響き渡る
カラコロナイ駅の汽笛は
遠ざかるほど音色が美しくなる

＊秋田県の内陸鉄道の無人駅をイメージした

サバンナの国

東南アジア　サバンナの国は
乾燥の南部草原と
北部の熱帯雨林からなる
樹木の違法伐採により
森林面積が縮小する課題を抱えている
かつては
黄金の三角地帯と呼ばれる国境地帯の
山岳民族によるケシ栽培が
耳目を集めていた

資源としてのチークやマホガニー
貴重な香木などに恵まれているが
近年は天然ゴムの値あがりにより
水田がゴム園に転換されて
コメの生産に大きな影響がでているそうだ

環境保護団体で活動する日本人男性が
森林の見回りをしていたところ
倒木のなかに貴重な沈香を見つける
捨てて置くのはもったいないし
誰かが持ち帰る可能性もあると考え
宿舎に持ち帰り積んでおいた
もう何年も活動を続けていたために
香木に出会う機会は数えきれないほど

とうとう物置小屋がいっぱいになる
彼の悩みはこの地を離れる時のこと
香木は日本に持ち帰れないし
そもそも採取さえも禁じられている

仏壇にお線香を焚いたとき
ふと　この話を思い出す
東南アジアの躍進が著しいと
騒がれる今日であるが
サバンナの国は
いま　どんな風であろうか

マダム・カラ

国境の南に住むという
マダム・カラと呼ばれる女
土曜も日曜もなく働いている
インド領ジャイゴンの新しい事務所
繁盛する手配師のように
喧噪に疲れた男女たちを
携帯やファクスの音だけで
山と河のあるホテルに送りこんでくる
インドの経済成長は著しくて

マダム・カラも日ごとに忙しくなる
働き疲れた中年の旅行客と
妻と子とおばあちゃんを乗せた
インド製の新しい車
観光するでもなく
赤ん坊を抱いて茶を飲んで
涼しい気候と静かなホテル
なによりだと言うのだが
彼らの話し声がうるさくて
眠れない客が大勢いる
なんでも屋さんのマダム・カラは
注文した物は確実に送ってくる
長距離バスの運転手に託して
食べ物から携帯のＳＩＭカードまで

ホテルの従業員たちは
時折マダム・カラの噂をするが
見た者は一人もいない
長いウエーブの髪とか
口紅が赤いとか
インド風の青いサリーは
誰の話だったか
国境の町ジャイゴンは
時々爆弾が炸裂する
マラリアと酒と熱帯夜の町
マダム・カラは裏通りから
大通りの事務所に出世して
以前にも増して忙しく働いている
マダム・カラは避暑地にこないのだろうか

絶壁の僧侶たち

深い森を抜けると
目の前に岩山が聳える
あちこちの岩棚には
僧侶たちの修行小屋が
点々と散らばる
岩伝いの小道は
人ひとりがやっと通れるくらいで
畳二畳ほどの床には
吹きさらしの窓と入り口の木戸のみ

手のひらほどの机には
教典がひろげられている
若い僧はここで
一人経を読むか瞑想にふける
窓の外は千尋の谷
見下ろすと目がくらむ
午後になると風が吹き
雨期には雨漏りをふせぐ
瞑想に耽る暇など
ないにひとしいが
チベット仏教の砦として
僧侶たちは
子供の頃からの寺暮らしである
いつの日か

崖っぷちの寓居で修行をつんで
仏の教えを悟りひらくことを
夢みてきた
死んだら大勢の僧侶に
見送られて
山の天辺で鳥葬にふされる
ラマになれるだろうか

空中楼閣

崖っぷちから大きく迫り出した
建設中のホテルがある
ヒマラヤの深い森のなかを
ゆったりとした蛇行が折りかえす
海蛇の色に染まるプナカ河の水辺

昨年から　その前の年から
赤い山肌の露出のなかに
コンクリートの柱と

レンガを積んだざらざらの壁
白髪を染めた初老の男は
生竹を組んだ足場を渡って
ベンガル人の人夫たちに
気合いをいれる
設計図とか完成図は
すべて男の頭の中に

昔を思わせるような
手作業がすべての現場は
カタツムリの速度で建設が
すすむ

ここは会議室　ここは寝室
明日からはダンスホールに
取りかかる　と
男が号令する

この廃墟は
いつホテルに
生まれ変わるのか
資金が尽きるまで続く
密林の奥の
楼閣の夢

滅びる言語

ブラックマウンテンと
呼ばれる山岳地帯がある
少数民族の住む未開の地は
魔の山として恐れられてきた
熊や虎などの猛獣がいるとか
雨期には山蛭が人を襲うとか

そこにはオレ語を話す
おばあちゃんが二人

七十歳を越えてしまった
チベット・ビルマ語起源の
歴史ある言語を話せる人は
間もなく消えてしまう

若い人たちは学校で
国語であるゾン語を習うと
古い言語を話さなくなるという
このヒマラヤ地域には
多くの少数民族が住み
先祖から受け継いだ言語を
守っていた

文明と呼ぶのかどうか

携帯やテレビが現れると
時代にあわない言語は
いつの間にか消されてしまう
神が与えたとされるのだが
栄える言語と滅びる言語
ほんの偶然によるものと
思うのだが

聖地　燃える湖

古都ブムタンから
少しだけ離れた山のなか
谷川にのびる崖沿いの道
巨大な岩組みが緑水を湛えた
流れのゆるい澱み
辺りの岩窟には
バターランプの燃え滓が散らばる

経文を書き連ねた極彩色の旗がならぶ

高僧ペマ・リンパがバターランプを手に
飛びこんだ　メバール・ツオ
燃える湖はここなのか
底に寺院が沈んでいるという
翌日浮かんだときも
バターランプは燃え続けていたとか
大師グル・リンポチェが納めた
教典と仏像財宝を
抱えてあがってきた
信者たちの驚きと喜び
いま伝説の聖地燃える湖は
小さな谷川と化す

巡礼たちは何を信じ何を祈るのか

遠方から五体投地で訪れた信者
インドやネパールから集まった人々
祈りと瞑想の地
人々の死生観に横たわる
メバール・ツオ

国境線の町*

インドとの国境線上にある町は
極彩色の門で二分されている
不思議な発展を続けている町の
門を警備するそれぞれの兵士たちは
通り抜ける車を止めて覗きこむ
インド側の町はジャイゴンと呼ばれ
人と車が溢れんばかりに詰め込まれた
喧噪と活気に彩られた商店街が
生き物のように増殖を続けている

そこでは値段の駆け引きが夜遅くまで
繰り広げられている
山と積まれたトラックの荷台には
眼光鋭い男女が跨がり
怒鳴り声を飛ばして国境線を越えていく
携帯電話とクラクションが飛びかう町で
人々の視線は何を探しているのだろうか
価格が異なる国境のあちらとこちら
線をまたいだだけで富が増える
不思議な仕組みの世界がある
現世の縮図のような町角に立つと
熱帯樹林が振りまく水蒸気に霞んで
欲望と誘惑の入りまじった蜃気楼が
国境の門をこじ開けて飛びこんでくる

サンダル履きのサリーの女や
スーツを着込んだおしゃれな男たち
ガラス張りのビルディングに反射する
ヤシの木が並ぶ町並みとの奇妙な調和が
この埃と人混みの町を忘れがたくする

＊　ブータンの国境の町プンツォリン

Ⅳ

星になった鳩の話

青空の深みの中に
鳩が勢いよく飛びだす
森も川も瞬く間に遠ざかって
住み慣れた鳩小屋の暮らしも

さあ急ごう　何千キロの彼方
星々の明滅する南回帰線へ
もう何回も競技に挑んでは
消耗しきった翼で戻ってきた

今度は初めての海域へ　しかも長距離だ
好物の餌や恋人のためではない
そこに魅惑の天境がみえたからだ

この鳩が家に来た時は本当に可愛かったよ
小さな丸い目をクルクル動かして
訴えかけるようだった
どうか私を選んでください
誰よりも速く飛べる鳩ですよ
と言わんばかりに私をみつめた

左に大きく風切り羽根を傾け
黒潮の海を目指して飛びつづけた
陸の上は危険だ　至る所に天敵が潜んでいる

大海原には餌と休憩所が少ないけど
何とかなるさ
これまでも何とかなってきたから
いぜん出会った海猫も言っていたが
全力で飛べば
自然とよい方向に導かれるものさ

黒雲が湧いてきた　雲の上に出ればしめたもの
飛んではいるが酸素が薄くなってくるのがわかる
こんなときは肺一杯に吸った空気を細切れに使うのさ

鳩を知る者は皆言う
きっと今頃は南十字星を
見つけていると

歴史ある街

朝霧の立ち昇る山の中腹に
廃墟かと思われる商店街がある
歴史的な　由緒ある街並みであるが
この夏にも　建設中のニュータウンに
移転するそうである

崖沿いの道を挟んで並んだ
棟割り長屋のような平屋建て
間口も狭くて暗い店内は

夏の暑さや雨期の湿気を防ぐ
造りなのであろうか

ここで出会った日本人の若者は
現地語が流暢で
どこの店に入っても顔なじみであった
一年そこそこで良く言葉を覚えたねと言ったら
僕よりもっと凄いのがいますよと答える

週に一度ガソリンと携帯のカードを買い
二週間ごとに米とジャガイモにマンゴーを
たまに外食もすれば床屋酒屋も覗く
最初は異邦人向けの値段であったけど
徐々に納得できるものに変わってくる

この街はお城の門前町であり
東西交通の要所でもある
乗り合いタクシー乗り場では
行き先を怒鳴る運転手の赤ら顔
カメラをさげた西洋人の白い髭

初めて目にしたときには
あまりのみすぼらしさに
声も出なかったけど
近頃では
ウキウキ買い物する
自分に驚いている

うりずん*の島と海も

花見はするの？
花見はしないけど浜辺で月見はするよ
デイゴの花が街路を赤く彩る頃
満月の森にはサガリバナの花が咲く
日没に花開き夜明け前には凋むという
大潮の海面にはウミショウブの雄花が走り
水面には雌花も現れて受粉する
珊瑚の浜で繰り広げられる自然の営み
昔ながらの島の風景とか

日本列島の最西端には
険しい断崖が聳え立つ
黒潮が勢いよくぶつかる防波堤の港
眩しい太陽の光に手をかざすと
水平線に台湾の島影を望む
岬に登る道筋から挨拶が聞こえる
マグロやカジキを釣り上げる海人たち
陽が傾くと近所が集まり
魚料理の食卓を囲む
旅人に食べて行けと声がかかる
シケが続くと漁も食べ物も
途絶える島の暮らし

民宿では台湾人の旅客と
スマートフォンのアプリで会話する
白波打つ険しい崖には
妊婦たちの悲しい伝説が残る島
古いけどしっかりした伝統家屋には
八十二歳で一人暮らしの婦人が住む
穏やかな話ぶりで台風の恐ろしさを語る
伝統織物を伝える伝承館から
笑い声が漏れてくる
島の歴史を伝える朗らかな人々
昔日には台湾交易で栄えた島だと言う

＊ うりずん　初夏を指す沖縄方言

先王の古墳に足を運ぶ

文字とは不思議なもの
文字を持たない民族は歴史の舞台に登場しない
言葉を交わすだけでは歴史に残らない
せめて洞窟に線書きの動物でも描かれていれば
先住民の存在が知れ渡り
現代人の心に刻み込まれるのに
石器時代の多くの貝塚や住居跡は
謎の人々として記録されるだけなのか

近年の科学技術は旧住民のＤＮＡを解析して
現代人との連結を模索しているとか

古代国家の場合にも多くの謎が残されている
外国の文献を手懸かりにその実態を描こうとする
多くの試みが提案されてはいるが
自国の歴史を外国の備忘録に頼ることの可否もある

砂漠の中の遺跡に壁画が発見されると
人々は大騒ぎして先住民族を探し求める
我が国においても
女王卑弥呼の謎は深まり
遺跡の辺りの発掘がつづく
呪術を執り行った祭器とか

千人の巫女たちの埴輪とか

古代ローマと同じ時代に
近隣諸国と海を渡っての交流があった国家
古銭や銅鏡　埴輪や剱などの発掘品から
何が解って何が不明なのだろうか

大阪の商店街に隣接する百舌鳥古墳群や
羽曳野市の住宅街に囲まれた古市古墳群
遥か昔の人々の壮大な土木事業から
死者を弔う崇高な祈りが聞こえる
時代を越えて打ちよせる波の響きが

島の成り立ち

南海に浮かぶ
亀の甲羅にそっくりな島
日出づる時も日没の時も
水平線まで歩きそうな気配の島

訪れる人は圧倒的に若者である
島の古文書を紐解いてみても
お店のお婆ちゃんに問いただしても
困惑の表情で逃げだしてしまう

島の基盤は石灰岩だという人も
海底の隆起だという人もいる

四分割された島の地形図は
サトウキビ畑の造形とかさなる
分散された貯水池の水の色は
太陽の照り返しで七色に分かれる
自転車を押してくれる島風
街路樹が散らばす茶褐色の果実と
火炎木の花が埋め尽くす赤い土

カジキが捕れたよオ
風が届ける微かな声がする
海と陸との小さな記憶

吹き曝す海風の痕跡が残る
ひっそりした建造物にさえ
時代の波が忍び足で寄りそう

高速フェリーの行き交う桟橋は
若者たちの知恵と冒険を掻き立てる
今日も旅人を見送る島んちゅたち
珊瑚の欠片と貝殻を手渡す

雪景色

北に向かう日本海二号
外は一面の雪景色
窓ガラスの曇りを手で拭く

夜の明けかかった雪原に光がさすと
遠くの田んぼ脇にひしゃげた鳥居があらわれた
目を凝らすと雪に埋もれた祠もみえる

鳥追いの着物姿の女が鳥居からでてくる

片手には三味線をつかみ
もう一方で手拭をたばねて
顔を隠すようにうずくまる

男が祠から飛びだすと
雪の中に膝まで埋まる
転びそうになって
胸に抱いた太鼓が雪まみれに

季節外れのチンドン屋のようだ

二人はいたわり合いながら
足跡のない雪道を歩きだす

女は君に似ているから
男は私に違いないよ　きっと

この雪空にどこかあてがあるのか　と
先に立った女に問うたに違いない
もともとあてなんかありゃーしないさ
はすっぱに答えて口元を隠す
生まれてきたからには　歩きつづけなけりゃー
頭の上のトンビも叫んでいるよ　ピーヨ　と

あてのない列車の旅は　これからだよ
窓の曇りを拭きながら
女は雪景色に向かって
つぶやく

照葉樹林

七月の雨が濡らすものは
タブノキ林床に散らばる落ち葉のつぶやき
ほの暗い樹冠の胎内では
君が生まれた時の湿度と温かさを
雨がゆっくりと濡らしていく

北限のタブノキ林はこの辺りかと
深い森のなかまで踏みこんでみる
濃い色の葉に茂る切れ長の眼が

あちらからもこちらからも
幽かな明かりを照りかえしながら
雨しずくを浴びる私を
もの言いたげに取りかこんでくる

漂泊の民としてのタブノキは
この地を訪れて誰に出逢ったろうか
自然界に生まれたことの意味を
雨に濡れながら考えつくしたことだろう
樹齢幾百年かの幹の樹肌も
風雪の年代を経てほころびがみえる
化石の色調をたもったままで
朽ち果てている姿が無惨である

頭上にはアカマツの高木層が優先する
気候も幸いしてタブノキを蹴散らす勢いだ

七月の雨に濡れそぼった林床にもどると
枯れ草を脱いだ君には初生葉がみひらき
初めて会う私にさわやかな笑みをかえす
天井には朽ち木が占めていた空が残り
ポッカリ開いた空白域が幼植物の
遥かな上まで突き抜けている

雨はもはや立ち去ることを忘れて
森の奥深くに埋没する予兆をみせている
北限に暮らすタブノキ林の夕闇は
幽かな雨音が叩く私の心までも

五重の塔

朝焼けの
雲を支える五重塔
風雨や寒暖に耐えつつ
戦乱の世を生き延びて
都に逞しく聳え立つ

人は塔の頂きを遠望して
感嘆の息を漏らす
瓦一枚ほどの理想もなく

己を省みて
気息を飲む

九輪の眺望からは
この世の変遷に
幾度も歯軋りして
なおも立ちあがる
庶民の気迫

今日も祈る
日輪の波動を
静寂な大気の息吹を
万物の知性を思想を

この辺りの景色は今

この辺りの景色は薄い青色
海の水色は藍の色調に分かれ
海流は時折　変化を好んで姿を隠す
この自然の企てを黙って見守る者がいる

北太平洋の海には暗い色の波が吹き荒れる
海図の空白域を埋める最新鋭の深海艇は
富士山よりも深い海洋底を調査する
やがて暗い谷底から聳え立つ山々の姿が

カムチャッカを起点とする海山列は南下している
天皇海山と名付けられた十いくつかの名称は
明治、仁徳、光孝、天智、神武、推古など

形はさまざま　山頂が平坦な山々は
全長数千キロメートルもの火山列である
いずれも太古のマグマが噴出した火道とか
天皇海山は最後列が鈍角に折れ曲がり
西北西に連なるハワイ諸島に連結する
南端のロイヒ海山は現在も溶岩を噴出する

この折れ曲がりにより
海洋底プレートの流れる方向が変わる
アジア大陸の下に潜りこむプレート

その亀裂から日本海が生じ島嶼が離れる
その島嶼から日本列島が形成される
白亜紀から連続的に噴出した火道は
海洋底プレートの移動する仕組みを
解き明かしてくれる

この自然の企てを
陰の力で支配し統御した者は
おびただしい熱線を放射する
圧倒的なエネルギーは万物を溶かし
砕き　磨り潰し
ついには溶岩流と化してしまう

＊　参考文献　『四季の地球科学』（尾池和夫著）

糺《ただす》の森にて

初夏の日に
出町柳駅から加茂大橋を渡って
下鴨神社の表参道にぬける
右手には京料理で知られる
下鴨茶寮の暖簾がみえる

朱色の大鳥居をくぐると
糺の森と呼ばれる原生林にはいる
木洩れ日が照らすニレ科の巨木と
苔に覆われた太い根っこが蛇行する

ひんやりとした静けさと安らぎと
さらには喧噪から逃れた神秘の樹林
八百よろずの神々が宿るやしろへと
平安京の時代から
心の拠りどころとして
数々の祭事が取り行われた
神々の鎮座する森がある

葵祭の祭事場の舞
御手洗祭りの祈願など
異邦人も大勢訪れている
本殿を背景に写真を撮り
賽銭をあげて手を叩き
願い事を祈願している

おみくじを買うカップルもいる
しめ縄が廻らされたご神木に
神道の霊感を感じるのだろうか

都の人は縁結びや七五三など
幾度かの神事を待ちわびて
下鴨神社を訪れたことか
応仁の乱で焼けこげた都を
復興させた京の人たち
冬は雪景色　秋には紅葉の名所
尾形光琳の愛したところでもある

水路のある風景

朝露に濡れた田んぼ道を歩くと
湿った空気が肺を満たす
道路沿いの水路は草に覆われ
水の流れる音が空気を揺らす
遥かな山頂から流れ着いた水は
里に降りて田んぼを潤す

カラスが時折水路を覗き込む
死んだ魚が流れ着くのを

待っているようだ
小鴨を育てるのも水路の水だ
一列になって親鴨の後を追う

私は毎日の仕事を終えると
水路でゴム手袋や
泥まみれの長靴を洗う
ときには顔を洗うことも
水は濃いアオコの色に染まり
朝陽を浴びてキラキラ輝く

大地震の時には
幹線用水路が壊れたため
何日も水が来なくて困った

田んぼが乾き
ひび割れした作土が広がる
稲が枯れ始めてからも
辛抱強く水路の復旧を待った
汚れた水で水路が満杯になって
本当に嬉しかった日

夏の夜には蛍が飛ぶ
あれは源氏こちらが平家
夜空に光る天の川に
牽牛織女の星を探す
稲の葉に宿った蛍は
水面に黄色の燈を散らす
水路と水のある風景

歴史民俗資料館

音もなく　影もなく
動くものもみえない荒れ地
なにもかも流されてしまった
かつて町があったところ
手書きの看板がみえる
「歴史民俗資料館」
流木をあつめて建てた小屋
うす暗い板張りのすき間から
赤い夕陽が忍びこむ

光の束が照らしたものは
壁にかけられた手作りの地図
円椅子にかけた白髪の老人は
指さしながら説明する
聴衆の姿はみえない
つぶやく声にしたがって
海から山へ石畳の坂がみえる
古い井戸があった場所の近く
金丸酒造店　斉川乾物問屋
大きめの屋敷跡は大覚寺と墓地である
この町の歴史は古くて
遠く源頼朝の昔を起源とする
海上交易で財をなした商家がおおく
立ち並ぶ蔵通りがみごとであった

宿場町としても栄えたとのこと
この歴史を伝えなければと
低い声は語りつづける
板戸から差しこむ夕陽が
老人のまぶしげな表情を
浮かびあがらせる

＊　広島県尾道市の印象

南楢岡から外小友にかけて

先だってまで
降り続いた雪に埋もれていた
家並みも道路も橋も
人々は家の中に閉じ込められて
子供たちは外で遊ぶことがなかった
長い長い冬が抜けて
空が青く澄み切るころになり
太陽が廻り始め
野原や小川や橋が姿をみせて
家々から飛び出した人々は

畑や田んぼを耕し始める

その昔農家の人たちが
出稼ぎするようになった時代
耕耘機や自家用車がはいりこみ
新しい道路や舗装道路が造られて
自動車道も広域農道も
大きな町だけを結ぶ手段になった
村や町は合併されて人々は市民になり
大きな店や文化施設を巡る生活になった
南楢岡から外小友にかけて
川に沿ってゆっくりと歩くこともなくなり
古い茅葺き屋根の家並も消えてしまった
太い幹が並ぶ街道は独特の雰囲気だったが

いまは小友川だけがその姿を留めている

その昔行商人は大きな荷を背負って
駄菓子屋の上がり框に腰を下ろし
豆腐一丁を食べていた
店の婆ッチャから皿、箸、醤油などを借り
昼食代わりに食べていた豆腐
子供たちは行商人の雑談や仕草を
食事をとる様子を
興味津々眺めるのが好きだった
私は並木に近寄り
杉木立の梢を横目に見て
ただひたすら青いだけの
空を見つづけるのが好きだった

神霊の森にて

入り江の船溜りに
設けられた門前漁港は
長楽寺の境内なのだろうか
波静かな海に浮かぶ
白い漁船と豊かな森が
神霊の聖地を育んできた

蒸し暑い夏の午後に
傾斜のきつい

苔むした石段を登ると
ほどなく古式ゆかしい
五社堂に辿り着く
伝説によると
九百九十九段の石段は
鬼が一晩で築いたとか
修験道の男鹿本山には
漢の武帝を祀る赤神神社があり
山駆けする山伏の修行と
九ヶ寺四十八坊の
天台宗が並存した

司馬遷の史記によれば
秦の始皇帝の命を受けた

徐福が
不老不死の神薬を
捜しに来た所とか
草むした古池の廻りには
塚の伝説を伝える石碑がある
古代には日本海の対岸から
渤海人鉄利人が船に乗って
交易のために訪れたらしい
唐からも銀銭銅銭を
運び入れた船があった

森の神々からの恵みと
海からの交易品で溢れた
男鹿の村落には

自然の神々と仏教とが
融和する様子が
狩野定信によって
描かれている

万葉の森

師走の雨が霞のようにふる
立ちのぼるアスファルトの温み
人影が通り過ぎる斜面の雪に
こぼれ落ちた紅葉のくすんだ色は
日常に融けこんだ山里の冬

黒い幹が立ちつくす落ち葉の森には
濡れたままにこんもり埋もれた古墳
古代の宮廷の女官たちであろうか

野遊びに興ずる声が石室に響く

天井の漆喰には七つ星が金箔で印され
天頂を示す北極星がひと際輝く
土着の信仰をあらわしたものなのか
それとも大陸文化の伝来か

万葉人の心の拠り所であったのだろう
首を振る大亀は蛇に巻きつかれている
鮮やかに彩色された縞模様の虎は
石壁に囲まれた宇宙に吠える

死者への弔いを語る装飾の趣意と
華やかな衣装の染色は

幾代にも伝えられ
文字の書体は
古代の断片を語る

夕暮れ迫る寂寞のなかを
万葉人は墳墓の守り神を従えて
雨降りの木立の中を
通り過ぎて行く

解説

田代卓詩集『河口にて』を読む

佐々木久春

詩集はスケールも大きく「地球の息遣い」から始まる。「時刻表の流れに沿って／天体がゆっくりと移動していく」「地の底の音に聞き耳をたてる」「惑星の公転速度に変化が起きると／地球の自転にも影響があるのか」、宇宙の一存在としての人間、「位相のゆらぎを意味するものなのか／この記憶の始まりは」(「薄片の技巧」)、そして本詩集の題名ともなった「河口にて」には「河口」の解放感は人生の流れとして「終着駅がもつ寂しさ」があるが「天の川が河口から立ち昇って／天頂に到る異次元のはじまるところ」として人の孤立と集団への回帰を描く。農学博士田代卓氏の詩的基盤が提示されている。前詩集『晩鳥の森から』に森田進氏が一文を寄せている中で「田代卓は水稲栽培自然科学者（農学）としての観察眼と詩人の魂を併せ持つ特異な書き手であり、たえず生命の連鎖と輪廻に焦点をあわせて」とあるがまことにその通りである。

農学者で詩人と言えばわれわれはすぐ、宮沢賢治を思い出す。賢治の文学は「幻想的で四次元的な感覚によって成り立つ」といわれるが、田代氏の場合は三次元の世界に在って科学的視点を以てさばいていくという手法のようである。そして、視点が地球上のあるいは空想上の視点に拡がっていくのである。「天の川」の河口はあくまで三次元に引き寄せた河口である。河口を源流の方向に数歩もどれば過去の空間を取り戻すことができる。迷っているのが「生き物たちの歴史」だと言う。

第一章では、生きることの原初、素朴さを描く。第二章に入ると田代氏が実際に農業の指導に行ったブータンを中心として、そこに仏教世界も加わって悠々とした世界が語られる。「吊り橋」ではマンダラと結びついて異次元空間の入口に到る。それは、神秘への透過層でもある。「山の牛」には、のどかなブータンの牛追いの姿が描かれるが、「夜明けから日没へと／自然界のグラデーションを見つめて」いると、「もう間もなくマグマの冷却期に滑り込む／そう　衰退期の始まりだったのだ」と、自然の複雑な時間の推移が描かれる。田代氏でなくては描く事の出来ない世界だ。

第三章には田代氏がとらえた風物、見聞、体験が描かれる。またチベット仏教の世界へのいざないも見られる。「禁じられた国境」には「古くからチベットと交易してきた／祖先たちの雪山に国境はない」としながらも「雪山と照葉樹林と深い谷のヒマラヤに／分割された国境線がある」とする。「色彩たちの北回帰線」も氏独自の描写である。「もうそろそろ帰らなければ／砂漠の蜃気楼にのこる足跡を消し／真珠色にかがやく時間の小舟をさがす」「色褪せた磁力のゆがみを逃れて／幻の空間を半光年だけ微速するのだ／もうそろそろ帰らなければと」、また「未明の　宇宙で　一筋の」では「言葉の成立」を「地の底の腐植のなかで／さまざまに芽吹いた言葉／水色の惑星を覆いつくしてから／銀河の数ほど物語が生まれる」というのである。「プナカ河の岸辺」では、ブータン最初の最高位僧と言われるシャプドゥン・リンポチェの建てたゾン（城塞）を背景として描かれる。かと思うと秋田内陸線の無人駅「カラコロナイ駅」の風景が子供時の回想として童謡風にその原風景として描かれる。

第四章は作者の童心と孤独とロマンの世界が古代に相渉りながら描かれる。海洋プレートが地軸が変わってハワイ諸島に折れ曲がった天皇海山、アジア大陸の下に潜り込むプレート、地球の歴史に思いを致すかと思えば京都下鴨の「糺《ただす》の森にて」では、ニレ科巨木の原生林から神々が浮かび上がってくる。「神霊の森」男鹿半島の五社堂では秦の始皇帝に命令された徐福が登場する。

駆け足で壮大な詩集『河口にて』を縦断したが、いつまでも輝きを失わない珠玉の思想とことばが全五十六篇を覆っているのである。

あとがき

第一詩集を刊行してから十三年が過ぎました。その後、詩誌「さやえんどう」同人としてお世話になりました。それから二〇〇九年に発足した詩誌「北五星」同人として、詩を発表する機会に恵まれました。そして今日まで詩の創作を続けてまいりました。私の詩のテーマは、一貫して田舎の自然や景観などを見つめて、詩の言葉を探し続ける事でした。また、自然科学の書物を漁ったりしながら、詩の心を探し求めて来ました。

時には、四十六億年にもなる地球の歴史の中で、生き物の活躍する年代を想定したり、人類の文明と太陽系との関わりを考えたりしました。地理的な環境では、大陸移動説などのダイナミックな地球の歴史と、一方では、自然の荒廃や崩壊などにも視線を向けるようになって来ました。しかし、詩の創作活動とどのように結びつけるのかが課題にもなって来ました。

また、近世においては、産業革命による科学技術の発展と人口の増加、それに伴う、資源の過剰なまでの採掘、そして、人間の生存に欠かせないエネルギー源の確保などが、人口の爆発的増加をもたらしたことなど、近年は、進歩と後退の区別が付きにくい時代に迷い込んでしまいました。

私の関心もまた、詩の創作においても、コンピューターや宇宙がテーマになってきました。逆に、失われた自然環境が自然災害と重なって常態化するようになってきました。地球温暖化に伴う自然環境の変化は、結果的には人間活動の在り方がテーマになってきつつあります。

私は詩を書くことによって、様々な不安と、逆に希望の種を見つけようという動機が生まれてきたような気がします。

今般、「北五星」主宰者の佐々木久春先生のお勧めにより、第二詩集の刊行を試みました。そして、土曜美術社出版販売の高木祐子様のご尽力により、第二詩集が陽の目を見るに至りました。

皆様の温かい励ましにより詩集が出来上がりましたことに、心から感謝を申し上げます。

令和二年吉日

田代　卓

著者略歴

田代　卓（たしろ・たかし）

1943年　旧満州国新京市で生まれる

詩集　『晩鳥の森から』2007年9月発行

現住所　〒010-0442　秋田県南秋田郡大潟村字東 3-3-21

詩集　河口《かこう》にて

発行　二〇二〇年十月五日

著者　田代　卓

装丁　森本良成

発行者　高木祐子

発行所　土曜美術社出版販売

〒162-0813　東京都新宿区東五軒町三―一〇

電話　〇三―五二二九―〇七三〇

FAX　〇三―五二二九―〇七三二

振替　〇〇一六〇―九―七五六九〇九

印刷・製本　モリモト印刷

ISBN978-4-8120-2585-7　C0092